José

Richard Andrieux

José

Roman

Éditions Héloïse d'Ormesson

www.editions-heloisedormesson.com

ISBN 978-2-35087-059-5

À Véronique

Le monde nous appartient. Il suffit juste de penser
que tout est possible, ici ou ailleurs...

1

– Comment vous expliquer, madame ? Il est possible que l'inconscient de votre garçon fasse son œuvre, enfin si je puis dire… En tout cas, à votre place, je ne m'inquiéterais pas trop ; croyez-moi, ça lui passera. Vous savez, j'ai déjà rencontré ce genre de symptôme chez la fille d'une de mes patientes ; la petite inventait des mots invraisemblables ; elle confondait les voyelles, et pensait que la lune avait un cœur. Eh bien, au bout de deux ans, deux ans et demi, tout est rentré dans l'ordre ! Elle avait oublié ses drôles de mots, prenait un *a* pour un *a*, et la lune restait la lune, enfin, ce que nous en connaissons ! Allez, ne vous en faites pas. Au revoir, madame.

– Vous avez sans doute raison, docteur ; merci encore d'être passé.

Après avoir raccompagné le docteur Wurtz à la porte de l'appartement, madame Blaise retourna dans la cuisine. José regarda sa mère ; c'était sa mère alors, parfois, il la regardait.

– Comment s'appelle cette lampe ? lui demanda-t-elle.

– Mais maman, je te l'ai déjà dit cent fois !

– Oui oui, je sais bien, mais redis-le-moi encore, s'il te plaît.

– Bon d'accord, mais c'est la dernière fois ! Elle s'appelle « citron » !

– Citron ? Mais José, tu sais bien qu'un citron n'est pas bleu, il est jaune.

– Maman, j'en ai assez de te répéter toujours les mêmes choses ! Si cette lampe était jaune, je l'aurais appelée « la mer » pour pas la confondre avec le soleil ! C'est pourtant simple, non ?

– Oui oui, bien sûr, mon ange, tu as raison, pardonne-moi.

Madame Blaise fixait son petit bonhomme avec la même incompréhension qu'hier. Mais le docteur avait dit que ça passerait, alors pourquoi ne pas le croire ; après tout c'était le meilleur médecin de la cité. Pourtant, rien n'aurait pu la rassurer en cette fin d'après-midi.

José avait neuf ans. Depuis des mois, il réinventait tout. Son plaisir était de ne pas voir ce que les autres voyaient. Les autres, avec leurs joies, leurs peines ou leurs petites histoires, il s'en moquait.

Dès qu'il pouvait, il restait seul. À l'école pendant la récréation, il s'isolait toujours sur le même banc qu'il appelait « courage », puis il fermait les yeux. Il était bien comme ça.

Un jour, Luc lui demanda pourquoi il ne jouait jamais au foot avec eux.

– J'en sais rien, moi ; j'ai pas envie et puis j'y comprends rien à ce jeu.

Luc commença à lui en expliquer les règles mais José l'arrêta brutalement :

– Ce jeu m'ennuie et toi aussi tu m'ennuies !

Après, Luc ne lui avait plus jamais parlé.

José ne voulait rien devoir aux autres. Il était fier à neuf ans d'avoir son monde à lui. Ce monde, personne, pas même sa mère, n'y avait accès.

Un midi à la cantine, José mangeait seul à une table ; la petite Annie l'aborda :

– Bonjour, comment tu t'appelles ?

– Je m'appelle José ; enfin non, on m'a appelé José.

– Pourquoi ? T'aimes pas ? C'est joli, José ! Et toi, tu voudrais qu'on t'appelle comment ?

– Moi ? Je voudrais qu'on ne m'appelle pas, répondit-il sèchement.

Annie avait tourné les talons, ne comprenant pas très bien ce qu'elle venait d'entendre ; José s'était mis à rire.

Au bout de quelques mois, à l'école, plus grand monde ne s'intéressait à lui.

En classe, il n'écoutait pas, il entendait. L'institutrice avait du mal avec lui ; il faisait juste le minimum pour éviter les remontrances maternelles.

José n'avait jamais connu son père. Bernard Blaise était mort brutalement à trente-deux ans d'une rupture d'anévrisme ; José avait un mois et demi. Son père, c'était une simple photo posée sur le buffet du salon, juste à côté de la télévision que José ne regardait jamais, comme la photo d'ailleurs.

Avant, madame Blaise lui parlait souvent de son papa. Elle lui disait combien il l'avait aimé à sa naissance et même avant. Régulièrement, l'enfant avait droit au même récit :

– Ton père était un homme bien, tu sais ! Il a beaucoup travaillé dans sa vie ; et puis c'est lui qui a construit les meubles de la cuisine ! Tous les samedis après-midi, ton papa allait jouer au billard au café de la Poste ; eh bien, tu vois, José, il était tellement fort que jamais personne dans le quartier n'a réussi à le battre !

De la vie de cet homme qu'elle avait raisonnablement aimé et qui lui avait donné son seul enfant, Hélène n'avait oublié aucun détail. José écoutait toujours sagement sa mère, sans plus.

Puis elle avait cessé de lui parler de son père, se rendant compte du peu d'intérêt que José portait à ses souvenirs. Pour lui, cet homme ne représentait rien ; il ne l'avait pas connu ; alors pourquoi s'intéresser à un étranger, même s'il était le père ?

José grandissait avec sa mère ; pour lui c'était déjà beaucoup.

Dans sa chambre, il y avait un lit qu'il appelait « voyage ». Le petit bureau avec des tiroirs verts, c'était le « chêne », à cause de toutes ses feuilles de papier en désordre. Il y avait aussi une armoire en formica sans nom ; il n'aimait pas sa couleur. La petite bibliothèque remplie de livres qu'il n'avait jamais lus, il la surnommait « bataille ». En son absence, sa mère aimait bien y passer du temps.

Pour les sept ans de son fils, elle lui avait offert *Le Petit Prince*.

En posant le livre sur « bataille », José avait dit merci, sachant qu'il n'en lirait jamais une ligne.

Sa chambre était en désordre mais pas trop, petite mais pas trop non plus ; de toute façon, quelle importance. Il y avait tant à imaginer.

Allongé sur « voyage », José était persuadé que le plafond le regardait et lui souriait. D'ailleurs « nuage » le plafond ne pouvait pas l'ignorer ; d'abord parce que José ne lui avait rien fait de mal ; et puis il y avait longtemps qu'ils se regardaient tous les deux ; ils ne pouvaient être qu'amis.

Un dimanche, sa mère eut l'idée de faire repeindre toute sa chambre ; José s'énerva très vite ; il hurla qu'il était hors de question que l'on repeigne quoi que ce soit, et surtout pas « nuage ». Les murs encore, José n'aurait trop rien dit, il ne les imaginait pas avec des oreilles. Mais le plafond, non ! Que l'on efface le sourire de son ami d'un coup de pinceau, c'était impossible !

Face à la colère de son fils, Hélène renonça ; c'est le couloir qu'elle fit repeindre en bleu azur ; José s'en moquait, il ne faisait qu'y passer.

Il avait d'autres amis dans sa chambre, comme le long bougeoir ; José l'appelait le « colonel ». Il lui parlait de temps en temps, le soir après le dîner. L'enfant allumait la bougie, éteignait toute autre lumière, puis s'asseyait en tailleur aux pieds de son ami.

– « Colonel », je vous écoute, et si vous n'avez rien à me dire, c'est pas grave, c'est moi qui ferai la conversation !

José parlait à voix haute mais pas trop fort ; il ne voulait pas que sa mère l'entende du salon où elle regardait la télévision.

Un soir pourtant, du couloir, elle entendit son fils. José était avec le « colonel ».

– José ! Mais à qui parles-tu encore ? lui cria-t-elle.

– À personne, maman, j'apprends mes leçons à voix haute, pour mieux m'en souvenir !

– C'est bien, mon bonhomme, je te laisse travailler !

C'ÉTAIT IL Y A DEUX ANS. Ce jour-là, elle l'avait entendu parler au réfrigérateur.

– Je sais que tu n'as jamais chaud, pauvre petit « pingouin » ; un jour je t'emmènerai dans le désert en Afrique !

Il parlait au frigo en caressant la porte. Elle n'avait pas compris.

Quelques semaines plus tard, elle l'avait surpris dans la salle de bain ; il s'adressait au miroir.

– Bonjour, on m'appelle José ! Et toi, comment tu t'appelles ? Oh, si tu veux pas me le dire, c'est pas grave, tu sais ! Toute façon, je vais te trouver un nom ! Tiens, « cinéma » ! Ça te plaît comme nom, « cinéma » ? Hé ho, tu m'entends ? Bon, si tu m'entends pas, tant pis, je vais me parler tout seul !

Derrière la porte de la salle de bain entrouverte, Hélène vit son fils faire d'étranges mouvements avec ses bras.

– Dis, si tu as soif, je peux te donner de l'eau, tu sais ; tu n'as qu'à lever un bras, comme ça ! Ah, tu vois bien que t'as soif, « cinéma » !

José ouvrit le robinet, mit ses petites mains sous l'eau froide, et aspergea le miroir. Après, il se mit à rire, comme s'il n'avait pas le choix.

Pour la première fois, devant le reflet trouble de son fils dans la glace, Hélène pensa qu'il était peut-être malade dans sa tête. Cette idée la fit pleurer ; José ne s'aperçut de rien.

DANS SA CHAMBRE, IL Y AVAIT « ANGE » ; c'était la photo d'un cheval, debout de profil ; en arrière-plan, derrière l'animal, une maison forestière, entourée de quelques pins. Il l'avait accrochée en face de son lit.

Un soir, en grande discussion avec le « colonel », José vit soudain la bougie s'éteindre. Dans la pénombre, il se tourna vers la photo du cheval :

– Tu vois, « ange », le « colonel » est fatigué ce soir ; heureusement que tu es là pour me tenir compagnie. Tu sais, j'aimerais bien que tu puisses te promener de temps en temps ; je sais que tu peux le faire ! Alors vas-y ! Bouge ! Va faire un tour ! Oublie ce qu'on t'a dit, t'es pas un cheval en photo ! Moi je t'appelle « ange » pour que tu puisses t'envoler ! Alors envole-toi maintenant !

José ferma les yeux et « ange » s'envola. Quand il rouvrit les yeux, « ange » avait repris sa place sur la photo.

– C'est un secret entre nous, hein « ange », nous n'en parlerons à personne, ni à ma mère, ni aux autres chevaux.

Depuis une semaine, José a dix ans. Sur les conseils du docteur Wurtz, Hélène accompagne maintenant son fils tous les mercredis chez madame Solère.

Avant de rencontrer l'enfant, la pédopsychiatre avait souhaité entendre madame Blaise ; Hélène lui avait parlé des comportements étranges, des monologues solitaires, des noms donnés aux choses, des silences.

Madame Solère avait demandé du temps et de la patience.

Hélène avait dit d'accord, puis avait dit merci.

Hélène a peur. Elle a vu José embrasser le grille-pain. Elle l'a trouvé couché dans la baignoire, une bougie à la main. Hier, il a débranché le frigo. Il y a trois jours, elle l'a entendu dire au portemanteau :

– Hé dis, « manège », c'est pas trop lourd, tous ces vêtements sur toi ? Tu sais, si ça t'embête, t'as qu'à me le dire, je les mettrai dans l'armoire sans nom si ça t'arrange !

« Il parle aux objets ; il parle aux objets et à moi il ne dit rien… Pourquoi ? »

Alors elle se souvient d'avant, quand pour lui faire plaisir, il lui disait les noms nouveaux. C'était il y a longtemps. Aujourd'hui, José ne partage plus. Il reste dans sa chambre et elle reste devant sa télévision.

Depuis la mort de son mari, Hélène a pris l'habitude d'être seule. Mais l'absence de cet homme ne peut être comparée aux silences que lui inflige son petit garçon.

À table, pendant les repas, elle le regarde. Elle ferait n'importe quoi pour qu'il s'intéresse un peu à elle.

Un soir pendant le dîner, elle s'est même parlé toute seule. Elle espérait… Elle espérait un mot gentil. José n'a rien dit ; il a mangé, puis est parti dans sa chambre.

Maintenant, dans sa solitude à elle, il y a la douleur.

José, si je t'écris cette lettre, c'est parce que j'ai peur de te dire certaines choses en face ; tu me regardes comme si je n'existais plus pour toi ; je ne sais pas ce que j'ai bien pu faire de mal pour que tu ne me parles plus ; j'ai l'impression que tu m'en veux, et je ne sais même pas pourquoi ; est-ce que c'est parce que je t'emmène chez madame Solère toutes les semaines ? Je sais que ça t'ennuie d'y aller, je le sens bien, tu sais ; mais c'est pour ton bien mon chéri, même si tu ne le sais pas encore. Je voudrais tant que tu me croies. Si tu pouvais au moins me dire ce que tu me reproches, ça me permettrait de comprendre ce que je ne dois pas faire ; mais tu ne me dis plus rien ; tu rentres de l'école et tu vas dans ta chambre sans me dire un mot comme si j'étais une étrangère.

Tu sais, José, je n'ai plus que toi depuis la mort de ton père ; alors si tu pouvais me parler un peu plus, je me sentirais moins seule. Je sais que toi tu aimes rester seul et je le respecte, mais pour moi c'est plus difficile. J'aimerais tant que tu aies envie de faire des choses avec moi ; pas tous les jours, juste de temps en temps ; on pourrait aller au cinéma par exemple, même si je sais que tu n'aimes pas les films ; ou bien on pourrait faire un jeu de société si tu veux, ou aller au restaurant. Je voudrais tant que tu sois heureux avec moi, José. Un jour, tu m'as dit que j'étais ta maman chérie, pourquoi tu ne me le dis plus ? Pourquoi tu m'évites quand je viens vers toi ? Je sais que tu as tes habitudes dans ta chambre, mais peut-être que tu pourrais me les faire partager ; des fois, je t'entends parler tout seul ; à qui parles-tu ? Ce n'est pas méchant, mais je sais que tu n'apprends pas tes leçons à voix haute à cause de tes résultats à l'école. J'aimerais tant que tu m'expliques ce qui te fait plaisir, même si tu as l'impression que je n'y comprends rien. Je t'en prie, arrête de croire que je ne peux pas te comprendre parce que ce n'est pas vrai ; je suis ta maman et les mamans peuvent tout comprendre, José, même ce qui est extraordinaire. Avant, tu m'expliquais pourquoi tu appelais les choses autrement, mais aujourd'hui tu ne me dis plus rien ; des fois, je me dis : « Tiens, comment mon petit José chéri appellerait ceci ou cela ? » Je t'en prie, mon cœur, je suis ta maman et tu peux tout me dire.

Ta maman qui t'aime tant.

Hélène déposa la lettre sur le lit de son fils ; pour une fois elle pria Dieu d'avoir une réponse, même douloureuse.

HÉLÈNE EST MANUTENTIONNAIRE dans une usine de prêt-à-porter. La fabrique se trouve à Hésac, dans la zone industrielle. Elle commence son travail à huit heures et demie. Cela lui laisse le temps de déposer José à l'école.

Elle aime bien son travail ; elle s'y est habituée. Elle emballe des bas dans des boîtes. C'est toujours le même geste, mais elle s'en accommode. Si son esprit est souvent ailleurs, cela ne l'empêche pas d'être une bonne ouvrière. En quinze ans, personne n'a jamais eu à se plaindre d'elle.

À l'usine, depuis longtemps, un homme la regarde. Il lui a dit qu'il l'aimait. À chaque fois, elle a dit non.

Hélène ne manque pas de charme. Âgée de trente-cinq ans, brune, de petite taille, elle a dans les yeux quelque chose d'attachant et de doux. Certains jours, elle peut être très belle, comme d'autres femmes.

Depuis la mort de son mari, on ne lui connaît pas d'aventure. Aucun étranger n'a pu franchir le seuil de l'appartement, à part un réparateur, le jour où sa télévision est tombée en panne.

Hélène n'a jamais eu l'idée de refaire sa vie. Et puis, comment son fils réagirait-il ? C'est assez difficile comme ça.

Aujourd'hui, il y a José, rien que José. Pour le reste, elle a fait une croix sur les choses de l'amour depuis longtemps.

Ses désirs de femme, elle les a enfouis au plus profond d'elle-même, pour mieux les oublier.

La lettre écrite par Hélène il y a trois semaines est restée sans réponse.

José et sa mère ne partagent plus que les silences des repas du soir.

Pas le moindre signe, pas le moindre sourire. Si au moins elle le savait heureux. Mais jamais rien chez lui ne transpire, ni joie, ni peine. Étrange petit bonhomme, impénétrable et seul.

Dans son monde, ses amis et ses histoires lui appartiennent ; il ne les partage pas, il les protège.

Son aventure est intérieure et son intérieur n'est qu'aventure.

José a un nouvel ami ; c'est un dictionnaire qu'il ne quitte plus. Son grand plaisir est d'ouvrir une page au hasard, de mettre le doigt sur un mot, toujours au hasard, et d'en changer le sens le plus rapidement possible. L'enfant ne retire son doigt que s'il est certain de se souvenir du mot inventé : ainsi crépuscule devient « ouverture », cartable « boîte à outils » et coccinelle « poussin ». Ensuite avec les nouveaux mots, il s'amuse à faire des phrases qu'il note dans un cahier caché sous son oreiller.

C'est mercredi : José a rendez-vous chez madame Solère à dix-sept heures, mais il ne lui parlera ni du dictionnaire, ni du reste.

Sa mère l'accompagne. Dans la salle d'attente, il y a d'autres enfants, d'autres parents, mais personne ne se parle.

José déteste venir ici. Il n'a rien à dire à cette femme ; il ne supporte pas non plus d'attendre et elle est toujours en retard.

Âgée d'une cinquantaine d'années, elle a ouvert son

cabinet il y a quatorze ans. Madame Solère n'a jamais eu d'enfant ; elle aide ceux des autres.

Hélène est envieuse. Pendant une demi-heure, une étrangère va partager l'intimité de son fils. Hélène en souffre mais ne montre rien.

Avec trois quarts d'heure de retard, madame Solère arrive enfin :

– Bonjour madame, bonjour José, excusez-moi pour ce retard, mais j'ai eu une urgence à domicile. Tu ne m'en veux pas, José ?

– Non ! répond José pour être poli.

– Tu viens ?

« Que vont-ils bien pouvoir se dire... Est-ce qu'il lui parle à elle ? » Hélène les regarde quitter la salle d'attente où elle restera le temps de l'entretien.

– Alors José, de quoi allons-nous parler aujourd'hui ? Ça fait bientôt trois mois que nous nous voyons ; nous pourrions enfin essayer d'être amis, qu'en penses-tu ?

José regarde cette pièce qu'il n'aime pas, à cause des nombreux dessins épinglés aux murs.

– Vous savez, moi, j'ai mes amis à moi et ça me suffit, répond l'enfant.

– Dis-moi, ces amis, ils sont très importants, non ?

– Ben oui madame, mais ce sont mes amis, pas les vôtres.

– Et alors José, je peux aussi m'intéresser à tes amis, tu sais !

– Ah oui ? Mais moi j'ai pas envie que vous vous intéressiez à mes amis ; est-ce que je m'intéresse à vos amis ? Vous savez très bien que si je suis là, c'est parce que ma mère m'oblige à venir alors…

– Dis-moi, José, tu aimes ta maman ?

– Ça j'en sais rien, mais si c'est oui, alors il faut qu'elle arrête de m'obliger à venir vous voir.

Avant lui, elle n'avait jamais rencontré autant d'assurance chez un garçon de son âge. Face à José, elle n'est jamais à l'aise. Il le sent.

Un jour, elle lui demanda ce qu'il souhaitait faire plus tard. José répondit qu'il ne pensait pas à plus tard, mais que s'il devait y penser, la première chose serait de ne plus venir la voir, si bien sûr on lui en laissait le choix.

Madame Solère était restée presque sans réponse, se contentant d'un « oui José, je comprends… ».

Après, jusqu'à la fin de la séance, ils n'avaient plus parlé, puis ils s'étaient dit au revoir.

Une autre fois, elle lui dit :

– Dis-moi José, est-ce que tu aimes faire plaisir aux autres ?

– Ben oui, puisque je les laisse tranquilles !

Puis il ajouta avec une pointe d'ironie :

– Et vous, madame ?

– Bien sûr, José, c'est normal de faire plaisir aux autres !

– Et alors là, vous croyez que vous me faites plaisir ?

– Ah ça je ne sais pas… J'aimerais bien, José… Ce que je sais, c'est que je m'intéresse à toi. Oh, je sais bien qu'on n'est pas toujours d'accord tous les deux, mais ce n'est pas très grave. L'important, tu sais, c'est de se parler !

– Ah oui, et on est obligé de se parler ?

– Non, on n'est pas obligé ; on peut très bien ne pas se parler ; mais si on ne se parle pas, on va s'ennuyer un peu tous les deux, tu ne crois pas ?

– Non, ça je ne crois pas ! Alors dites, madame, c'est pas obligatoire de se parler ?

– Mais bien sûr que non, José, rien n'est obligatoire.

– Tant mieux ! J'ai cru que c'était obligatoire.

Il ajouta :

– Dites madame, si c'est pas obligatoire, alors pourquoi ma mère me force à venir vous voir ?

– Eh bien disons… Disons qu'elle pense que c'est pour ton bien.

– Mais vous m'avez dit avant qu'on était pas obligé de se parler ; alors si j'ai pas envie de vous parler et qu'on me force à venir vous voir, alors à quoi ça sert que je vienne ?

Encore une fois, il la tenait… Elle n'eut d'autre réponse qu'un « oui, c'est une manière de voir les choses ».

Avec José souvent, le temps lui paraît long, très long.

Elle a même envisagé de ne plus le voir ; pour elle, mais aussi pour lui.

Hélène se sent très fatiguée. Le docteur Wurtz est passé ; il lui a prescrit un arrêt de travail de quinze jours et des tranquillisants. Il a demandé comment se passait la psychothérapie de José. Hélène n'a pas su trop quoi répondre et elle s'est mise à pleurer.

Le docteur Wurtz lui a répété de ne pas perdre espoir.

Ce matin, elle a surpris José en train de parler à un couteau dans la cuisine.

– Tu sais, je vais te trouver un nom à moi, monsieur le couteau !

– José, mais qu'est-ce que tu fais avec ce couteau ? Veux-tu poser ça tout de suite !

José le reposa sur la table ; sans un regard pour sa mère, il quitta la cuisine.

Il était sûr maintenant de ne pas l'aimer.

De toute façon, le grand couteau, il lui trouverait un nom un autre jour ; il n'y avait pas d'urgence ; ce n'était pas un ami de longue date ; il lui avait parlé juste une fois du « colonel » qui l'énervait, c'est tout.

Demain, il n'y a pas école, c'est dimanche. José a promis à « pingouin » le réfrigérateur de l'emmener dans le désert. José décrochera « ange » et le présentera à « pingouin » ; s'ils s'entendent bien, ils partiront tous les trois au Sahara.

Depuis quelque temps, le « colonel » agace José ; l'enfant a beau lui expliquer le jeu du dictionnaire, il ne comprend rien à rien. José a l'impression qu'il le fait exprès. José prend « voyage » à témoin de la mauvaise foi du « colonel ».

– Tu te rends compte, « voyage », j'explique au « colonel » un jeu que j'ai inventé moi tout seul, et j'ai l'impression qu'il n'en a rien à faire de mon jeu ! Alors là, « colonel », vous m'énervez de plus en plus ! Si vous continuez comme ça, eh bien, on sera plus amis, voilà ! Et après, vous savez ce que vous serez ? Eh bien, une bougie comme les autres ! Hé, si vous êtes « colonel », c'est quand même grâce à moi, faudrait pas l'oublier !

José regarde « chêne » le bureau qui semble lui parler.

– Quoi ? Qu'est-ce qu'y a, « chêne » ? Tu crois que le « colonel » est jaloux de mes sorties avec « ange » ? Non mais t'entends ça, « ange » ? Je crois rêver ! Hé « colonel », vous m'avez toujours dit que vous avez voyagé dans le monde entier et que vous en avez marre des voyages ! Faudrait savoir, mince alors ! Bon, moi je crois qu'un peu d'air frais vous fera du bien !

José ouvre la fenêtre. Le bougeoir à la main, il regarde le parking. José lui cherche un nom. Il pense à « garage ».

– Non, pas « garage » ! Ça y est, j'ai trouvé ! « Gare à king » ! Qu'est-ce que vous en pensez, « colonel » ! C'est bien, « gare à king », non ?

José s'amuse à compter les voitures sur « gare à king ». Mais pourquoi cette « king » s'en va ? Et voilà, il faut que je recommence tout ! Bon, j'en ai assez !

Il se tourne alors vers « ange » et ferme les yeux :

– Bon, allez « ange », on va faire un tour avec le « colonel » ?

Les résultats de José à l'école sont devenus catastrophiques.

Hélène ne va pas fort non plus. Elle s'est mise à boire le soir devant la télé. Dans sa solitude, elle aime se laisser prendre par une ivresse amie qui l'accompagne jusque dans son sommeil.

Le docteur Wurtz est passé après le dîner ; Hélène l'a appelé ; elle ne se sentait pas bien. Il a tout de suite vu qu'elle n'était pas dans son état normal. Le médecin l'a fortement sermonnée ; il lui a dit que les tranquillisants et l'alcool ne faisaient pas bon ménage.

– Hélène, vous jouez avec votre santé, ça ne me plaît pas du tout ; vous devez vous reprendre très vite !

Hélène lui a demandé s'il avait des enfants.

– Oui, Hélène, j'ai deux garçons ; le plus jeune a à peu près l'âge de votre fils ; je peux comprendre ce que vous ressentez. Mais s'il vous plaît, promettez-moi de ne plus boire comme ça. Je vous le répète, les médicaments et l'alcool n'ont jamais été les meilleurs amis du monde !

Puis le docteur a demandé des nouvelles de José.

– Je ne sais même plus comment il va docteur, je n'arrive plus à le savoir ; il ne me parle plus, il ne me voit plus, il m'ignore. C'est bien simple, j'ai l'impression que pour lui je n'existe plus !

– Voulez-vous que j'essaye de lui parler ? répondit le docteur.

– Oh, si vous voulez ; mais surtout ne lui dites pas que c'est moi qui vous envoie ; il m'en voudrait, vous comprenez ?

– Je comprends, Hélène, ne vous inquiétez pas. Il est dans sa chambre ?

– Oui, il est dans sa chambre, comme toujours...

– Je reviens.

– Docteur ?

– Oui ?

– Pour l'alcool... Ne dites rien, s'il vous plaît...

– Bien sûr, Hélène, bien sûr.

Wurtz traversa le couloir. Il frappa plusieurs fois avant que José n'ouvre. L'enfant sembla surpris par sa présence.

– Bonsoir, José, je te dérange ?

– Non... Bonsoir, docteur, qu'est-ce que vous faites là ?

– Je passais te voir, comme ça. Est-ce que je peux entrer ?

– Si vous voulez.

Le médecin s'assit sur la chaise de « chêne ».

– En fait, je voudrais te parler de ta mère, José.

– De ma mère ? Pour quoi faire ?

– Tu sais, elle se sent un peu seule depuis quelque temps ; tu devrais peut-être essayer de lui parler un peu plus. Dis-moi, c'est vrai que tu ne lui parles pas ?

– Ben si, ça m'arrive, répondit l'enfant après un long silence.

– Quand, José ? Quand lui parles-tu, s'il te plaît ?

– Je sais pas, moi… Des fois… Quand elle me pose une question.

– Mais jamais tu ne lui parles comme ça, pour rien ?

José laissa passer encore quelques secondes avant d'ajouter :

– Ben c'est-à-dire que je n'ai pas trop le temps… Vous savez, avec tout ce que j'ai à faire.

L'enfant sentit très vite dans les yeux du médecin que sa réponse n'avait aucune consistance ; d'ailleurs le docteur renchérit très vite :

– José ! Ne me dis pas que c'est le manque de temps qui t'empêche de parler à ta mère, tout de même ?

L'enfant n'arrivait pas à le regarder ; ses yeux se promenaient dans toute la chambre ; il cherchait de l'aide…

José était mal à l'aise. Avec madame Solère, c'était différent ; il suffisait de trouver une parade dont il avait le secret pour lui clouer le bec. Là, impossible ! Wurtz l'impressionnait avec ses grosses moustaches et sa voix grave.

– Vous savez, ma mère ne comprend rien quand je lui parle, alors voilà je lui parle plus !

– Ah oui ? Mais dis-moi, quand tu lui parlais, tu lui parlais de quoi, José ?

– Ben j'en sais rien, moi… De tout… De rien… De mes amis !

– De tes amis ? Quels amis ? Tu as des amis ?

– Ben oui, pas vous ?

– Si, bien sûr. Dis-moi, José, j'aimerais bien que tu me parles de tes amis. Tu veux bien ?

– Ça, j'en sais rien…

– Oh mais tu n'es pas obligé, José ! Et puis de toute façon, je ne suis pas sûr que tes amis m'intéressent ! Les amis, après tout, c'est sacré, pas vrai ?

José le regarda avec un léger sourire. Pour la première fois de sa vie, les mots qu'il entendait lui parlaient.

– Ça, c'est vrai que c'est sacré ! Euh… Si vous voulez, j'peux vous les présenter ?

Le docteur d'un ton très détaché ajouta :

– Me les présenter ? Mais où sont-ils ?

– Ben… Ici !

– Ici ? Mais où ça ici ? Je ne vois que nous deux !

– Ça, c'est ce que vous croyez !

– Bon, après tout, si ça peut te faire plaisir, allons-y !

Je t'écoute ! Mais je te préviens que si tes amis ne m'intéressent pas, je m'en irai ! Je n'aime pas perdre mon temps et j'ai horreur de m'ennuyer !

Alors, José commença par lui présenter « ange » et puis « voyage » et puis le « colonel » et puis...

Pendant plus d'une heure, il n'oublia aucun détail sur ses camarades de chambre. Le docteur l'écoutait avec attention. Ce qui le surprenait le plus, c'était de voir José comme ça ; jamais il ne l'avait vu comme ça ; il souriait, s'agitait, s'excitait dans tous les sens. L'homme écoutait l'enfant sans jamais l'interrompre.

Il était tard ; le docteur quitta la chambre. Poliment, il remercia José de lui avoir présenté ses amis, puis il ajouta :

– Dis-moi, José, si tu pouvais être un peu plus proche de ta maman... Et puis tiens, pourquoi ne pas lui présenter tes amis ? Je suis sûr que ça lui ferait plaisir ! Allez, promets-moi de faire un petit effort, d'accord ?

José bougea légèrement la tête de haut en bas, un peu déçu par ce qu'il venait d'entendre, puis il dit :

– Dites, monsieur, ça vous a fait plaisir de rencontrer mes amis ?

– Oui, dit le docteur avant de quitter la chambre.

Quand il revint dans le salon, Hélène dormait sur le canapé. Il la réveilla doucement, lui suggérant qu'elle serait mieux dans son lit. Dans un demi-sommeil, elle lui demanda :

– Il vous a parlé ?

– Oui, il m'a parlé. Tout s'est très bien passé. Il faut dormir maintenant. Je reviendrai bientôt.

Il lui fit promettre encore de ne plus boire et quitta l'appartement.

Dehors, il pleuvait. Le docteur rentra vite dans sa Peugeot.

Sur la route, il se mit à penser à José, à ses amis, à Hélène, à son métier qu'il aimait, à sa femme et à ses enfants qui l'attendaient. Après quelques kilomètres, l'averse était derrière lui. Il pensa alors qu'il avait beaucoup de chance.

Un peu gêné, le contremaître a parlé à Hélène. Elle sera licenciée à la fin du mois. Il l'a surprise plusieurs fois en train de pleurer. Son travail n'est plus aussi bien fait qu'avant ; alors il a prévenu la direction. Elle percevra une indemnité de licenciement de quatre mille deux cents francs. Hélène n'a rien dit. De toute façon, elle ne voulait plus continuer ; plus l'envie, plus la force.

Ce soir, elle n'a pas pris ses tranquillisants. Le docteur a dit de ne pas mélanger, alors elle ne mélangera pas, mais elle se fera boire.

Allongée sur son canapé, elle regarde un téléfilm américain ; une jeune prostituée est mêlée à une sombre affaire de cadavre. Hélène a manqué le début mais peu importe.

Premier verre ; doucement, l'ivresse envahit sa tête ; elle commence à se sentir bien, très bien même. Elle s'habitue à tout, elle accepte tout ; les silences de son fils, le licenciement, l'alcool aussi. La bouteille est là sur la table.

Très vite, elle se ressert.

Son fils est dans sa chambre ; il joue avec un nouvel ami, un stylo qu'il appelle « monseigneur ». Les yeux fermés, José essaye de dessiner « ange » qui n'arrête pas de galoper.

– Écoute, « ange », arrête de bouger comme ça, sans quoi on n'arrivera jamais à te dessiner ! Si tu continues, eh bien, tant pis pour toi, c'est « nuage » que nous dessinerons à ta place ! Lui au moins, il ne bouge jamais ! Pas vrai, « nuage » ?

« Nuage » ne répond pas, se contentant d'un sourire.

– Bon, j'en ai assez, « monseigneur », on fait autre chose. « Colonel », je vous salue ! Comment avez-vous trouvé le docteur ? Plutôt gentil, non ? Et toi le « chêne », tu étais juste à côté de lui ? Hum je vois, vous n'êtes pas très bavards ce soir ! Bon, ben, puisque c'est comme ça, je vais me coucher ! Bonne nuit à tous !

José s'allonge sur « voyage », éteint la lumière. Le sommeil arrive ; il pense au docteur qu'il aime bien.

Hélène a été licenciée ; son travail ne lui manque pas. Elle est à la maison. Elle sort juste pour faire les courses ou pour emmener José chez madame Solère. Le reste de son temps, elle le passe devant la télévision, compagne fidèle où il se passe toujours quelque chose.

Avant, Hélène attendait le soir pour commencer à boire. Maintenant, José rentre seul de l'école et file dans sa chambre. Quand le dîner est prêt, elle l'appelle ; alors il vient, il mange, puis il retourne dans sa chambre.

Parfois il repense au docteur, mais il n'a rien à dire à sa mère, alors il ne dit rien, même s'il la trouve bizarre ces derniers temps.

L'autre jour, il l'a vue perdre l'équilibre et se cogner contre le coin de la table de la cuisine. Il a remarqué aussi que ses yeux se fermaient plus souvent qu'avant. Un autre détail l'a frappé :

« Pourquoi ses mains tremblent le matin ? Et puis

pourquoi elle reste en robe de chambre toute la journée ? Après tout, ça n'me regarde pas, elle fait ce qu'elle veut. »

Aujourd'hui, José est content ; demain, ce sont les vacances de Pâques. Il n'ira pas à l'école pendant deux semaines ; c'est toujours ça de gagné.

Une nouvelle en revanche ne le réjouit pas ; sa mère lui a annoncé la venue de sa tante.

José ne l'aime pas. Il déteste la manière qu'elle a de parler fort, de tout et de rien, et ne supporte pas son parfum.

Colette habite Menton. Elle est mariée avec Georges depuis dix-huit ans. Ils ont deux fils, Antoine et Julien. Ils ne se sont jamais entendus avec leur cousin. Colette a décidé de venir seule.

Depuis quelque temps, Colette était sans nouvelle de sa sœur. Elle ne pouvait pas savoir. C'est Wurtz qui a appelé ; il lui a dit pour l'alcool. Le docteur a cru bien faire ; tant pis pour le secret médical ; il a fait ça pour Hélène ; il la trouve si seule.

Hélène non plus ne se réjouit pas de l'arrivée de sa sœur,

mais pour une autre raison ; elle ne pourra pas boire devant elle ; il faudra qu'elle se cache.

PREMIER JOUR DE VACANCES : José a un programme chargé. Ce matin, il a réinventé sept nouveaux mots du dictionnaire.

En ce début d'après-midi, l'enfant décide de changer tous ses amis de place dans sa chambre.

– Désolé, « nuage » ! Tu es le seul qui ne pourra pas bouger ! Et c'est parti pour le déménagement !

José met « chêne » à la place de « voyage » ; le lit se retrouve en plein milieu de la pièce.

Le « colonel » n'a plus sa tête ; hier José a écrit le mot *bougie* sur une feuille ; il l'a mise en évidence sur la table de la cuisine. En attendant, la moitié du « colonel » se retrouve allongée sous « voyage ».

José aimerait bien emmener « pingouin » dans sa chambre, mais il est trop lourd à transporter ; de toute façon, sa mère ne serait pas d'accord. Tant pis pour « pingouin » ; il ramène « castor », le grand couteau qu'il plante dans le mur. José déplace la bibliothèque en la poussant dans le couloir :

– Tu prends trop de place, « bataille » !

Du couloir bleu, José ramène « manège » le portemanteau. « Ange » est maintenant sur la porte. À sa place, José dessine un tunnel avec « monseigneur ». José regarde le tunnel :

– Tu sais, « le noir », bientôt je te visiterai, parce que j'aimerais bien voir ce qui se passe chez toi !

José a entendu parler très fort ; il a tout de suite compris que sa tante venait d'arriver.

– Eh bien, mes amis, vous avez intérêt à ne pas respirer quand elle sera là ! Je serais toi, « ange », j'irais faire un tour !

Quelques minutes plus tard, Colette entre dans sa chambre sans frapper :

– Eh bien, mais qu'est-ce que c'est que ce foutoir ici ! Tu peux me dire ce que fait ce lit au milieu de la chambre ! Et ce couteau planté dans le mur ! Et puis ce portemanteau n'a rien à faire là ! Eh bien, José, tu n'embrasses pas ta tante ?

José l'embrasse en retenant sa respiration.

– Dis donc, mon petit bonhomme, il va falloir que l'on parle tous les deux, parce ce qu'il y a des choses qui ne me plaisent pas du tout ici.

Et elle ajoute en portant la voix :

– Et je ne dis pas ça uniquement pour toi !

Colette parle vite, parle fort. « Si elle pouvait s'en aller… » Par chance, elle quitte la pièce et revient vers le salon. Elle marche vite et fait claquer ses talons. José ouvre la fenêtre. Il se demande combien de temps il va devoir supporter sa tante et son fichu parfum.

– Hélène, cet appartement est une vraie porcherie ! Tu ne fais plus le ménage ou quoi ? Et puis tu as vu la chambre de ton fils ? C'est n'importe quoi, il a mis son lit au milieu de la pièce, il a planté un couteau dans le mur et toi tu le laisses faire !

– Oh tu sais si ça lui fait plaisir, moi ça ne me gêne pas.

– Mais bien sûr ! Bientôt il dormira dans la baignoire et tu trouveras ça normal ! Hélène, il faut qu'on parle toutes les deux... Qu'est-ce que c'est que cette histoire d'alcool ? Tu te mets à boire, maintenant ? Et ne me raconte pas d'histoires, Wurtz m'a appelée !

– Ah, il t'a dit... Oh, il exagère, tu sais.

– Ah oui ! Eh bien, moi, je ne crois pas ! Si tu voyais ta tête... C'est bien simple, tu as pris dix ans, je ne te reconnais plus ! Enfin Hélène, est-ce que tu te rends compte de ta situation ? Tu as perdu ton travail, tu ne tiens plus ton appartement et maintenant tu te mets à boire ! Mais où allons-nous, Hélène ! C'est n'importe quoi ! Il faut que tu te reprennes très vite, tu m'entends ! Et surtout ne me dis pas que c'est à cause des problèmes que tu as avec José parce que c'est trop facile ! Moi aussi avec Julien j'ai eu des problèmes quand il a redoublé sa classe l'année dernière. Eh bien, je ne me suis pas mise à boire pour autant ! Je sais, je sais, tu vas me dire que j'ai Georges et que toi tu es seule, c'est vrai ! C'est vrai mais tout de même ! Tu ne peux pas te laisser aller comme ça ! Combien de verres bois-tu par jour ? Vas-y, dis-moi ?

– Oh ! Je ne sais pas moi... Deux ou trois...

– Ne me mens pas, Hélène, je suis sûre que tu bois beaucoup plus que ça ! Et puis, tu sens le whisky ! Et ton fils ? Tu as pensé à ton fils ? Ah, belle image vraiment ! En plus, je ne suis pas sûre que ce soit le meilleur moyen de le guérir, si tu vois ce que je veux dire... Tu ferais mieux de chercher du travail !

– Ne sois pas dure, Colette, c'est un mauvais moment, c'est tout. Je vais me reprendre.

– Tu as plutôt intérêt ! Pense aux parents, Hélène ! S'ils savaient ce qui se passe ici ; quelle honte pour eux ! As-tu seulement pensé à eux ? Non, tu n'y as pas pensé ! Bon, je te rassure, pour l'instant je n'ai rien dit. Mais écoute-moi bien et ne prends pas ça pour une menace. Je vais devoir rentrer demain à Menton parce que j'ai laissé les enfants à Georges, et tu sais bien que sans moi, il a du mal à se débrouiller. Mais je vais revenir le mois prochain. Eh bien, si tu ne t'es pas reprise, je te jure sur la tête de Julien et d'Antoine que je préviendrai les parents et que s'il le faut, j'emploierai les grands moyens !

– Que veux-tu dire par là, Colette ?

– Tu verras bien ! À toi de prendre tes responsabilités, Hélène ; tu as les cartes en main !

La seule bonne nouvelle dans ce qu'elle venait d'entendre, c'était que sa sœur repartirait plus tôt que prévu. Elle pourrait au moins partager ce plaisir-là avec son fils, même à distance.

Le lendemain à la gare, Hélène promit à sa sœur de se reprendre et de chercher du travail. Colette prit son train pour Menton. Elle semblait rassurée.

Hélène arrêta de boire pendant cinq jours, et puis elle recommença.

Hélène a fait un drôle de rêve. Il faisait très beau. Elle se trouvait avec José au milieu d'un champ de blé. Une girafe les regardait. José l'appela : « Hé bonjour, madame la tour Eiffel ! » La girafe s'approcha d'eux et dit à José :

– Dis-moi, comment connais-tu mon nom, sacrebleu ? Personne ne m'a jamais appelée par mon nom !

José se tourna vers sa mère avec un grand sourire. Hélène regarda son fils heureux comme jamais ; elle lui murmura à l'oreille :

– Ben ça alors, moi qui croyais que la tour Eiffel se trouvait à Paris ; il va falloir que je révise ma géographie...

José se jeta au cou de sa mère et dit à la girafe :

– Vous savez, madame la tour Eiffel, je connais le nom de chaque chose, de chaque personne et de chaque animal !

La girafe répondit à Hélène que son fils était un magicien, puis elle s'éloigna. José embrassa sa mère et le réveil sonna.

Il est bientôt six heures et demie : Hélène se lève pour préparer le petit déjeuner et ses mains tremblent déjà.

2

COLETTE EST REVENUE PLUS TÔT QUE PRÉVU, mais elle n'est pas venue seule ; son mari et ses enfants sont là ; il y a aussi les parents et quelques cousins éloignés.

Hélène est morte cette nuit. En rentrant de l'école, José a trouvé sa mère couchée dans le couloir. Il a prévenu les voisins de palier. Une ambulance est arrivée et a emmené Hélène.

Aux urgences de l'hôpital, elle était encore en vie ; quelques heures plus tard, c'était fini. Hélène ne s'est pas suicidée ; c'est juste son cœur fatigué qui n'a pas tenu ; et puis trop d'alcool, trop de médicaments ; le docteur Wurtz avait pourtant dit de ne pas mélanger.

Georges s'est occupé de tout. Il y avait l'enterrement à préparer. Et puis tous, ils ont parlé de José. Colette a proposé de le prendre à Menton. Les grands-parents ont dit oui. Après, tout est passé très vite.

– Vous savez, à l'église, il y avait plein de gens. Le monsieur en robe a beaucoup parlé. Moi, je l'appelais

« marquise ». À un moment, il a demandé à tout le monde de chanter ; moi, j'ai pas chanté. Tu sais, « ange », à droite de « marquise », il y avait un vrai ange en statue ! Peut-être que c'était le cheval de « marquise », mais bon, j'en suis pas sûr. À la fin, « marquise » a mis une chips dans la bouche de ceux qui avaient faim. Y avait des gens qui faisaient la queue pour manger ; moi, j'ai pas mangé, j'avais pas faim. Après on est sorti et tata m'a dit de monter dans la voiture. On a suivi maman qui était devant dans une voiture plus grosse. J'ai demandé où on allait. Tata m'a dit qu'on allait au cimetière. J'ai dit, c'est quoi un cimetière ? Tonton m'a dit que c'était là qu'on allait mettre maman. J'ai demandé pourquoi, mais on m'a pas répondu. Après, au cimetière, quatre messieurs habillés pareils ont porté maman jusqu'à un trou. Ils ont mis plein de fleurs à côté du trou. Y a plein de gens qu'ont pleuré mais pas tous. « Marquise », lui, il pleurait pas, il se parlait tout seul. J'm'en souviens bien, c'est même là que mamie m'a serré très fort dans ses bras et qu'elle m'a dit : « Oh mon petit, oh mon petit ! » Pourquoi tout à coup elle m'a dit que j'étais petit devant tout le monde ? Après, avec des cordes, les quatre messieurs habillés pareils ont descendu la boîte où était maman dans un trou. Après, « marquise », il a fait des drôles de gestes. Et puis tout le monde a mis de la terre dessus, même qu'après, la boîte, on l'a plus vue. C'est à ce moment-là que j'ai su que je la verrais plus, maman. Bon, voilà, vous savez tout ! Je vais dormir maintenant ; bonne nuit à tous.

Depuis la mort d'Hélène, José vit à Menton. Il a été recueilli par son oncle et sa tante. José n'a pas eu le choix. Depuis un an et demi, il supporte sa tante, son parfum, son mari et ses deux enfants. Julien et Antoine ne l'acceptent pas.

Et puis il y a l'école. José a redoublé et Colette surveille ses devoirs.

Une chose le ravit ; il ne voit plus madame Solère. À Menton, c'est le médecin de famille, monsieur Grosjean, qui passe de temps en temps. Le docteur ne trouve pas l'état du garçon préoccupant. Il a remarqué chez lui une forme d'introversion, mais rien de bien inquiétant pour un enfant qui vient de perdre sa mère.

José ne se sent bien que dans sa chambre. Elle est un peu plus grande que celle de Moissy, mais il s'est habitué. Il a pu emmener tous ses amis, même si « nuage » son plafond lui manque terriblement. « Ange » a retrouvé sa place en face de « voyage ». Le « colonel » est là, mais sa tête a changé de couleur, elle est rose.

José a aussi de nouveaux amis. Il aime bien s'asseoir dans « président » ; c'est un vieux fauteuil qu'il a récupéré au grenier. « Les vagues », ce sont les rideaux à fleurs ; José adore les voir bouger tout seuls quand le vent rentre dans la chambre. Il a maintenant un dictionnaire plus grand ; il n'a jamais voulu le renommer, celui-là, mais s'amuse toujours à réinventer ses mots.

Et puis il y a « charabia » : c'est un vieux poste de radio des années trente que sa grand-mère lui a donné. L'enfant n'écoute que les stations étrangères ; il n'aime pas quand ça chante dans « charabia » ; son plaisir est plutôt de traduire à tout le monde ce qu'on y raconte.

Il est vingt heures : José a rendez-vous. Il sait que s'il arrête l'aiguille du poste sur *Prag*, il entendra la voix douce de cette femme. L'enfant la trouve très vite ; il la laisse parler un moment puis se met au travail :

– Elle dit qu'elle a bien mangé... Qu'elle est contente parce qu'on l'écoute... Là, elle dit que demain il va faire moche et qu'on doit pas oublier son parapluie !

José regarde la pièce :

– Vous, vous n'avez pas besoin de parapluie, vous ne sortez jamais... Enfin, à part « ange » ! Ah, là, elle dit que si y a la guerre, c'est le « colonel » qui sera le chef ! J'espère que ça vous fait plaisir, « colonel » ! Là, elle dit qu'elle a jamais aimé l'école et que... Ah non ! Ça y est, elle a encorc mis de la musique ! C'est toujours pareil, elle parle, elle parle, et après elle met une chanson ! Bon, ben, au revoir madame !

José coupe le poste, s'allonge sur « voyage ». Il prend son cahier bien rempli et relit quelques phrases. Il en est à plus de trois cents mots réinventés.

José a eu du mal avec le dernier ; son doigt est tombé sur « apiculture » ; après avoir lu la vraie définition du dictionnaire, il a trouvé ce mot idiot ; mais il fallait bien respecter le choix du doigt ; pas le droit de tricher ; alors il a longtemps cherché ; et puis faute de mieux, « apiculture » est devenue « piqûre ».

– EH, DIS DONC, JOSÉ, pourquoi tu nous parles jamais ?

– Julien, laisse-le tranquille, s'il te plaît !

– Non mais c'est vrai, maman, depuis qu'il est là, il dit rien. On a l'impression que ça l'ennuie d'être avec nous. C'est quand même pas notre faute si tata est morte !

– Julien, ça suffit maintenant !

– C'est toujours pareil, on peut rien dire ici ! Et lui, il peut tout faire, vous lui dites jamais rien ! C'est quand même nous qui sommes chez nous ! En plus il parle tout seul dans sa chambre ! Je sais, je l'ai entendu !

– Julien, tu arrêtes tout de suite ou tu files dans ta chambre !

– Je m'en moque, j'ai pas faim ! Et puis si ça t'intéresse, maman, j'ai trouvé un cahier sous son oreiller ; eh bien, si tu savais ce qu'il a écrit dedans ; il est complètement fou ! Il a écrit plein de trucs qui veulent rien dire ! Ça m'étonne pas ! Il est nul à l'école !

– Mon cahier ! Rends-moi mon cahier tout de suite ! crie José.

– Ha, tiens, c'est drôle, tu parles tout à coup ! Mais alors là, tu peux toujours courir pour que je te le rende ! Ton cahier, tu le reverras jamais !

– Julien, attends ce soir que ton père rentre et tu vas voir ! Tu vas me faire le plaisir de lui rendre son cahier tout de suite et après je veux plus te voir, tu m'entends ?

Julien a rendu le cahier à José. Après, Antoine a été voir son frère dans sa chambre.

– Ne t'inquiète pas, Julien, il ne perd rien pour attendre…

Pour son anniversaire, c'est Georges qui a eu l'idée. José a trouvé un chat dans sa chambre en rentrant de l'école.

– Bon anniversaire, mon bonhomme ! Il a trois mois et s'appelle Gribouille !

José a dit merci en voyant Gribouille. Puis l'enfant a vu que le « colonel » était tombé ; alors tout de suite il a détesté le chat. Très vite, Gribouille est devenu « l'animal ».

José a surpris « l'animal » en train de faire ses griffes sur « chêne » ; il a voulu l'attraper, alors « l'animal » l'a griffé.

– Aïe ! Ça, tu vas me le payer cher !

Le chat s'est réfugié sous « voyage ». José a pris le « colonel » et a tapé sur « l'animal ». Le chat a réussi à s'enfuir ; José l'a poursuivi. Du jardin, Antoine et Julien ont entendu miauler très fort. En arrivant, ils ont vu José avec le bougeoir dans les mains.

– Maman, maman ! Viens vite ! Il tape sur le chat !

– Quoi ? Mais qu'est-ce que tu fais, José ? Tu es fou

ou quoi ? Laisse ce chat tranquille !

– Il m'a griffé ! Il m'a griffé !

– Ce n'est pas une raison José ! Je t'ordonne de lâcher ce bougeoir tout de suite !

José a lâché le bougeoir puis est remonté dans sa chambre en hurlant :

– Je vous déteste ! Je vous déteste tous !

Le lendemain, Georges a ramené le chat à la SPA.

Pour la Toussaint, Colette a emmené José à Moissy pour voir sa mère. En arrivant devant la tombe, ils ont rencontré Odile, une ancienne collègue de travail d'Hélène. José se souvenait d'elle ; il l'avait vue à l'enterrement. Odile et Colette ont parlé d'Hélène ; Colette a pleuré.

José a remarqué qu'il y avait moins de fleurs que le jour où sa mère a disparu dans le trou. Il eut une pensée pour « nuage » qui n'était qu'à quelques centaines de mètres de là. Ils sont restés environ une heure dans le cimetière, puis ils ont repris le train.

Plusieurs fois pendant le voyage, Colette lui a parlé d'Hélène. Elle lui a dit que c'était normal qu'il ait de la peine, particulièrement aujourd'hui ; elle a ajouté qu'elle aussi avait beaucoup de chagrin.

Collé à la fenêtre, José observait le paysage défiler à toute allure devant ses yeux. Il y avait là tant de choses sans « nom » : des arbres, des clairières, des villages, des routes, des clochers, des vaches, des poteaux électriques, des voitures parfois. Tout allait si vite ; pas le temps de s'imprégner de quoi que ce soit ; José subissait ce que la vie lui offrait.

À un moment, l'enfant regarda sa tante ; elle dormait en face de lui. Il eut une pensée pour sa mère, recouverte de terre.

José se mit à songer à la lettre de sa maman. Il ne l'avait jamais lue, mais l'avait gardée dans un tiroir de « chêne ».

Il se souvint des mains tremblantes de sa mère lui servant son chocolat au petit déjeuner ; et de ces longs moments passés avec elle dans la salle d'attente chez madame Solère.

Dans le compartiment du train, il y avait un vieux monsieur qui toussait. José pensa qu'il était bien malade pour tousser autant.

« Il devrait voir le docteur Wurtz. Tiens, c'est vrai, qu'est-ce qu'il devient celui-là ? Peut-être qu'il est mort lui aussi ? »

Mort... José se mit à chercher un nouveau nom à ce mot qu'il n'aimait pas beaucoup. Il pensa au mot « terminus » à cause de la terre sur sa mère, puis à « pomme de terre » en se demandant si les pommes étaient vivantes ou mortes. Finalement il choisit le mot « mystère » qui traduisait assez bien l'idée qu'il s'en faisait.

Un peu plus tard, le vieux monsieur s'est remis à tousser, Colette s'est réveillée, et le train s'est arrêté en gare de Menton.

AUJOURD'HUI, C'EST SAMEDI ; pour la première fois José s'ennuie dans sa chambre.

Le « colonel » n'est plus qu'un bougeoir, « chêne » un triste bureau, « charabia » une vieille radio et « ange » la photo d'un cheval. Même le jeu du dictionnaire ne l'amuse plus. Allongé sur « voyage », José ne voyage plus.

Hier soir, il a lu la lettre. C'était la première fois qu'il la lisait. Dans son lit il a pensé : « Pourquoi elle m'a écrit tout ça, maman ? »

À midi, José n'a pas voulu manger. À table, il a dit à sa tante qu'il n'avait pas faim. Georges lui a répondu gentiment qu'il fallait se nourrir pour devenir grand et fort.

José s'est levé et est parti dans sa chambre. Colette a bien senti qu'il n'était pas comme d'habitude ; elle n'a pas insisté.

José pense à sa mère. « Est-ce que ses mains tremblent encore sous la terre ? Est-ce qu'elle a froid ? Est-ce qu'elle a les yeux ouverts ? Et si elle a les yeux ouverts, est-ce qu'elle regarde encore la télé le soir ? Mais non, c'est pas possible, y a pas la télé dans la terre. »

José repense à tous ces gens qui pleuraient le jour de l'enterrement. « Pourquoi est-ce qu'ils pleuraient et pas moi ? C'est peut-être à cause de ce que disait « marquise » ? Et puis d'abord, pourquoi elle s'est couchée dans le couloir ? C'est quoi la mort, maman, c'est quoi ? Moi je sais que mon père lui aussi est mort il y a longtemps ! Alors peut-être qu'elle a voulu le rejoindre quelque part dans la mort ? Oui, mais où ? Dans la terre ? »

José se rappelle tout à coup des paroles de « marquise » vers la fin de la messe ; il parlait du ciel et de quelqu'un qui devait accueillir sa mère. C'était peut-être son père après tout ?

« Mais oui, c'est ça ! "Marquise" avait tout le temps parlé et même chanté du père dans l'église ! Oui mais alors, pourquoi on a mis maman dans une boîte ? Et puis dans un trou ? Et puis sous la terre si elle devait aller dans le ciel rejoindre mon père ? Maman, c'est quoi la mort, c'est quoi ? »

DEPUIS DEUX JOURS, José ne parle plus. Il reste dans son lit. Colette a prévenu le collège. Le docteur Grosjean est passé. Il pense que José subit un choc à retardement. Il a prescrit un médicament qui enlève les idées noires. Colette est très attentive à ce que son neveu prenne scrupuleusement les cachets. Elle est inquiète. Georges est en voyage d'affaires. Julien et Antoine pensent qu'il veut encore faire son intéressant.

José semble perdu. Un cheval qui ne s'envole plus, un plafond blanc, une radio silencieuse, une bougie éteinte, un fauteuil trop grand, un stylo qui n'écrit plus ; tout est pourtant à sa place dans cette chambre ; tout, sauf lui...

Sa tante monte régulièrement le voir. Elle essaie de le faire parler, de le faire manger. Il ne parle plus, ne mange plus.

José semble être ailleurs ; oui mais quel ailleurs ? « C'est quoi, la mort, maman, c'est quoi ? »

Il se souvient du docteur Wurtz ; ce soir-là, il lui avait demandé de parler à sa mère, comme dans la lettre.

Maintenant, quand José pense à sa mère, des larmes coulent sur ses petites joues creusées.

Colette a peur ; au téléphone elle lui a demandé de revenir. Alors Georges est rentré plus tôt que prévu de Paris. Il a trouvé son neveu très amaigri. Georges a décidé de prendre les choses en main. Sur les conseils d'André, un ami proche, il a appelé le professeur Ansel, grand spécialiste en matière de troubles comportementaux. Ansel a promis de passer le lendemain matin vers dix heures.

José fait peine à voir dans son pyjama bleu ciel devenu trop grand. Ses petites mains posées sur son ventre, il ressemble à une poupée que l'on aurait délaissée trop longtemps.

ANSEL EST PASSÉ. Dans la chambre, il est resté avec José. L'enfant semblait ne pas le voir.

Son diagnostic est précis : José souffre d'un trouble profond de la personnalité. Il suggère de l'hospitaliser assez vite dans une clinique à Nice.

Colette a demandé combien de temps son neveu resterait là-bas. Ansel n'a pas répondu précisément ; il a parlé de plusieurs semaines. Après, Colette a fondu en larmes ; Georges l'a serrée dans ses bras, et Ansel est parti.

DEUX AMBULANCIERS SONT VENUS chercher José. Il n'a pas compris mais il s'est laissé faire. Affaibli par trop de jeûne, il avait du mal à tenir sur ses petites jambes ; alors ils l'ont porté jusqu'à l'ambulance.

Pendant le trajet, José allongé regardait vaguement à travers une vitre les immeubles et les arbres défiler très vite. Il eut une pensée pour ce vieux monsieur qui toussait dans le train, entre Moissy et Menton.

Arrivé à la clinique Saint-Charles de Nice, José fut admis dans la chambre 127 du service pour enfants.

Une infirmière l'a aussitôt placé sous perfusion. Après, elle lui a tendu trois cachets de couleur rouge et un verre d'eau. José a regardé cette femme tout en blanc. Elle lui souriait. Il a ouvert la bouche et a avalé ses drôles de bonbons. Un peu plus tard, il s'est endormi.

3

Jeudi 24 mars : José est alité depuis trois semaines. Son état reste stationnaire ; il a juste repris quelques kilos grâce au glucose. Pour le reste, José n'ouvre la bouche que pour avaler les cachets que l'infirmière lui donne à heure régulière. Il lui arrive de s'oublier dans ses draps ; elle ne lui adresse aucun reproche.

Ce matin, mademoiselle Torès a essayé de lui faire quitter son lit. Il s'est raidi comme du bois et a fermé les yeux ; elle n'a pas insisté.

Fertal, un interne psychiatre, passe tous les après-midi. Il essaye de le faire parler. José ne s'aperçoit même pas de sa présence.

Colette et Georges lui rendent visite deux ou trois fois par semaine, mais ils ne restent jamais longtemps. Au bout de quelques minutes, Colette ne peut retenir ses larmes. José, lui, ne sent même plus son parfum.

Lundi 4 avril, huit heures : en rangeant l'armoire de José, mademoiselle Torès a trouvé dans une poche de pyjama la lettre d'Hélène. Après l'avoir lue, elle la photocopia pour Fertal, puis elle remit la lettre à sa place. José dormait. Elle passa sa main sur son front un peu chaud, et eut l'idée de laisser un stylo et du papier sur la table de nuit. Ensuite, elle quitta la chambre ; d'autres malades l'attendaient.

Vendredi 15 avril : ce matin, José n'est plus seul dans sa chambre. Par manque de place, on a ajouté un lit pour Lionel, un enfant de treize ans. Sans les tremblements de son voisin, José ne s'apercevrait pas de sa présence ; mais là, difficile de ne pas voir.

José pense à nouveau aux doigts de sa mère ; eux aussi bougeaient tout seuls. « Peut-être qu'il a trop regardé la télévision comme maman ? C'est sûrement ça le mystère des tremblements. »

DANS CE SERVICE POUR ENFANTS, on entend parfois des cris terribles. Entre deux chambres, les infirmières et les toubibs se croisent pour soigner des mômes dont la ville ne veut plus.

Ici, la douleur suinte à travers les portes. La souffrance est là ; on la respire, on s'en nourrit, comme pour ne rien oublier.

Ici, il y a des regards qui n'existent pas. Pendant les heures de visites, on croise la culpabilité dans les couloirs.

Ici, il y a des bouts de chou que l'on aimerait serrer contre soi, juste pour être sûr d'entendre battre leur cœur.

Ici, il n'y a ni barbe à papa, ni manège, ni cour de récréation.

Ici, rien n'est comme ailleurs ; même les fleurs semblent tristes.

Ici, on a le droit de détester Dieu.

Les jours passent. Lionel est légèrement plus calme. José retrouve un peu d'appétit. Dans cette chambre cohabitent deux enfants qui ne se parlent pas. Parfois il y a les regards du hasard, mais c'est le silence qu'ils partagent.

Tous les jours, à la même heure, il y a les traitements : bonbons rouges pour l'un, bleu et vert pour l'autre.

Jeudi 28 avril : Colette est venue seule ; Georges travaillait. Elle pleure moins ces derniers temps ; elle s'est habituée.

Mercredi 4 mai : la grand-mère de Lionel a apporté du chocolat pour son petit-fils. Gentiment, elle en a proposé à José ; il ne s'est rendu compte de rien.

Demain, il doit passer des examens neurologiques ; Fertal veut être sûr qu'il n'y a rien, on ne sait jamais.

Jeudi 5 mai : Fertal est rassuré ; d'après le scanner, le cerveau de José est normal.

Lundi 23 mai : cela fait un mois et demi que José est hospitalisé. Il remange presque normalement mais ne parle toujours pas.

Mercredi 25 mai : ce matin, Lionel est content ; demain, il part ; et puis ce soir, dans la salle de jeu, il y a un match à la télévision ; c'est un médecin qui lui a dit. José ne regardera pas le match ; il ne regardera rien.

Jeudi 26 mai : Lionel est parti. José est à nouveau seul dans sa chambre.

Vendredi 27 mai : ce matin mademoiselle Torès a trouvé une lettre sur la table de nuit. José avait écrit des phrases qu'elle avait du mal à déchiffrer. Deux mots revenaient régulièrement : *mort* et *maman.*

Elle l'a montrée à Fertal. Après l'avoir lue, le psy a demandé à l'infirmière d'être vigilante. Fertal s'est isolé pour tenter de comprendre. L'écriture était inégale, imprécise, et se promenait comme les notes d'une partition.

J'enverrai ange te retrouver dans ta mort, maman ; de toute façon, il ne me sert plus à rien ; et si tu t'ennuies encore comme moi je m'ennuie, eh bien je te donnerai le colonel, j'en n'en ai plus besoin non plus. Dis maman, dans ta mort, est-ce que tu as la télévision ? Et puis c'est quoi la mort, d'abord ? Est-ce que je suis mort moi aussi ? C'est peut-être parce que je ne te parlais pas que tu as décidé d'être morte ; pourquoi t'es-tu couchée dans le couloir, maman ? C'est quoi la mort, maman, c'est quoi ?

Début d'après-midi : Fertal entre dans la chambre. Il s'assied au pied du lit. Comme à chaque fois, José ne se rend pas compte de sa présence.

– Bonjour, José, ça va ? Tu as vu comme il fait beau dehors ? Tu n'as pas envie de te promener un peu dans le parc ?

José ne répond pas ; Fertal est habitué.

– Ah, au fait José, j'ai une grande nouvelle pour toi ! Figure-toi que je viens d'avoir ta maman au téléphone ; elle t'embrasse et m'a demandé de te dire que tout se passait bien pour elle, et qu'il ne fallait pas que tu t'inquiètes ! Ah j'oubliais, elle m'a dit aussi qu'elle s'était fait plein d'amis.

Pour la première fois, José regarde Fertal : « Maman est bien quelque part puisqu'elle a téléphoné... » Il a envie de crier.

– José, ça te fait plaisir de savoir que ta maman a appelé ?

José pense un instant à un piège de l'homme en blanc pour le faire parler ; puis il se ravise : « Non, il ne ment pas ; maman a appelé ! »

Son cœur s'accélère ; José se met à transpirer ; il veut hurler mais ce sont des larmes qui coulent.

– Tu es triste, José ? Parle-moi, s'il te plaît. Pourquoi tu pleures, José ? Hein ? Dis-moi, mon bonhomme !

– Où… Où elle est, ma mère ?

Depuis trois mois, Fertal attendait ce moment. Seulement ses mots, le psy les a volés. Il le sait mais il est déjà trop tard ; le mensonge est énorme. « Sa mère, morte depuis trois ans, a appelé ; les morts parlent au téléphone ! » Le psy aurait fait n'importe quoi pour que José lui parle, et il a fait n'importe quoi.

« Mais qu'est-ce qui m'a pris d'inventer ça ? » José ne le lâche pas des yeux. « Ne pas craquer, surtout ne pas craquer ! Réfléchir, oui, c'est ça, il faut que je réfléchisse. »

– José, je dois m'absenter dix minutes. Après, je reviens et je te dis où elle est et ce qu'elle m'a dit, d'accord ?

Fertal s'apprête à partir quand, pour la deuxième fois en moins de cinq minutes, il entend la voix frêle de l'enfant.

– Dites, monsieur, c'est vrai qu'elle a appelé ? C'est sûr ?

– Oui oui ! répond le psy. Je reviens… À tout de suite !

Fertal s'enfonce dans les couloirs. Combien de fois les a-t-il traversés, de long en large, de porte en porte, d'habitude en habitude ? Mais à cet instant, dans ce labyrinthe, sait-il seulement où il va ? Tout à coup il pense à l'infirmière : « Bon Dieu, Claire ! »

– Mélanie !

– Oui ?

– Je cherche Claire ! Tu ne sais pas où elle est ? C'est urgent !

– Si, je viens de la croiser ; elle est à la machine à café.

– Merci !

Il fonce ; deuxième couloir à gauche, puis à droite, puis encore à droite, première à gauche.

– Claire !

– Qu'est-ce qui se passe ? T'en fais une tête !

– Claire, il faut que je te parle tout de suite, c'est grave !

Il l'empoigne et l'entraîne dans la première salle vide. Maintenant, il lui raconte en détail ce moment de pure folie.

– Il faut que tu m'aides, Claire, je t'en prie ! Tu le connais bien, toi, ce môme ! Si tu savais à quel point je regrette ce que j'ai fait ! Le pire, c'est que je lui ai promis de revenir dans dix minutes pour lui raconter ce soi-disant coup de téléphone ! Non, mais tu te rends compte, Claire !

– Ce qui est fait est fait ! Calme-toi maintenant ; je vais voir ce que je peux faire.

Elle laisse passer un long moment :

– Bon, je vais lui parler !

– Lui parler ? Mais lui parler de quoi, Claire ? D'une mère enterrée depuis trois ans qui passe des coups de fil, juste pour prendre des nouvelles et dire que tout va bien ? Mais bon Dieu, qu'est-ce qui m'a pris ! Tu comprends après cette foutue lettre, ce gosse, je voulais tellement l'entendre parler !

– Bien sûr, je comprends. Allez, ne t'inquiète pas... Toi, tu restes là et tu me laisses faire, d'accord ?

Elle se lève et lui redresse doucement la tête, pour qu'il voie ses yeux.

– Et puis tu sais, je commence à les connaître un peu, ces mômes. À force de les laver, de les soigner, de les dorloter. Allez, fais-moi confiance ; je ne sais pas encore comment, mais je te promets que je vais arranger ça. Bon, j'y vais ! À tout à l'heure. Et essaye de te calmer, d'accord ?

Fertal la regarde quitter la pièce ; sa démarche est droite et précise. Il s'en remet à cette femme ; de toute façon il n'a plus le choix ; maintenant, il faut attendre.

En traversant le long couloir qui mène à la chambre 127, Claire Torès sait que dans quelques instants, c'est l'avenir d'un môme qui se jouera ; ce môme, elle ne connaît même pas sa voix.

Les numéros défilent très vite : 122, 123, 124... Plus que deux chambres. Elle entre. José est assis sur son lit ; il la regarde. Claire est troublée ; c'est la première fois qu'il la regarde comme ça.

– José, c'est le docteur Fertal qui m'a demandé de venir te voir ; il a beaucoup de travail dans d'autres chambres et il ne pourra pas passer.

José baisse les yeux, puis la fixe à nouveau très vite.

– Il m'a dit qu'il viendrait dans dix minutes, je comprends pas ! Tant pis, je vais l'attendre !

Elle avait souvent imaginé la voix de l'enfant. Pour la première fois, il lui parlait à elle.

– Tu sais, je crois que le docteur ne pourra pas passer te voir aujourd'hui...

– Tant pis ! Il viendra demain alors. Il m'a dit que ma mère a appelé.

– Oui, bien sûr, reprend Claire, je suis au courant pour ta maman.

– Ah ! Alors vous aussi, vous lui avez parlé ?

– Non, mais le docteur m'a raconté tout ce qu'elle a dit au téléphone.

– Ah... Dites, peut-être qu'elle rappellera plus tard alors ?

– Je ne crois pas, José, répond l'infirmière avec beaucoup de douceur.

– Ah oui ! Et pourquoi elle ne rappellera pas ?

– Mais... Mais parce qu'elle est morte, José...

– Ah oui, ça je le sais qu'elle est morte ; ça fait longtemps qu'elle est morte ; c'est même moi qui l'ai trouvée dans le couloir ; n'empêche qu'elle a quand même appelé ce matin !

– Oui c'est vrai… Mais comment te dire… Tu sais, José, les morts ont beaucoup de difficultés pour nous appeler.

– Pourquoi ? Parce que le téléphone marche mal là où ils sont ?

– Oui oui, c'est ça, tu as tout compris, mon bonhomme ; ta maman est si loin que les lignes du téléphone fonctionnent très mal ; c'est même incroyable qu'on ait pu recevoir son appel.

– Mais elle est où ?

– Où elle est ? Eh bien, elle est… Elle est dans le ciel, José, dans le ciel !

– Dans le ciel ? Mais où ça, dans le ciel ?

– Eh bien, là-bas, derrière les nuages, derrière le soleil, même derrière les étoiles. Elle est très loin, tu sais.

– Je le savais ! J'en étais sûr ! C'est même pour ça que je comprends pas pourquoi on l'a mise dans la terre.

– Comment ça, José ?

– Eh bien, moi, je crois que maman est partie rejoindre le père dans le ciel ; c'est « marquise » qui l'a dit la fois où ma mère est morte.

– Marquise ? Mais quelle marquise ?

– Je l'appelais « marquise » parce qu'il était en robe.

– Tu parles du curé, José ?

– Oui, oui ! Je comprends tout maintenant. Maman s'est cachée dans la terre, et puis quand tout le monde est parti, elle s'est envolée vers le ciel, comme « ange » le faisait avec moi !

– Ange ? Mais quel ange ?

– C'est un cheval qui était mon ami ; mais bon, j'ai pas envie d'en parler.

– Bien sûr, comme tu voudras, José.

– C'est dommage, je n'ai pas pu lui parler, à maman ; ça m'aurait fait plaisir !

– Oui, je sais, mais tu dormais, José, et elle a insisté pour qu'on ne te réveille pas.

– Ah bon… Et qu'est-ce qu'elle a dit d'autre, maman ?

– Eh bien… Eh bien, elle a dit que tout allait bien pour elle, qu'elle était très heureuse, qu'elle t'aimait beaucoup et qu'elle t'embrassait très fort. Dis, José, est-ce que je peux t'embrasser de sa part ?

Claire serre José dans ses bras. Il accepte l'étreinte et ce baiser venu du ciel. « Si maman est heureuse… Alors c'est bien comme ça. »

4

VENDREDI 8 JUILLET : les premières chaleurs de l'été sont là.

José va nettement mieux. Maintenant il parle, il marche. Hier, il s'est même promené dans le parc avec Colette. Elle était heureuse de le voir comme ça. Sa tante portait un nouveau parfum de saison que José aimait bien.

Dans une semaine, son neveu va quitter la clinique. Fertal a donné son accord. José montre aujourd'hui tous les signes d'une santé retrouvée. Le psychiatre n'oubliera jamais ce môme qui lui a fait perdre la tête, le temps d'un instant.

L'infirmière est devenue très proche de José. Après son travail, elle reste souvent avec lui pour parler, de tout et de rien.

Entre Claire et l'enfant, il y a de l'amour et des rires. José n'est plus le même. Il a pour la première fois le goût des autres. Il discute, pose des questions, s'intéresse. José demande souvent à Georges de lui raconter des histoires belges.

Dans quelques jours, José sait qu'il va partir. Cette clinique, il en connaît maintenant chaque recoin ; c'est sa maison qu'il va laisser.

Au réfectoire, José a pris ses habitudes ; un mot gentil au cuisinier, un sourire à madame Birot qui débarrasse les tables. Et puis il y a Albert l'intendant ; José aime bien le taquiner en lui cachant ses clefs. En l'espace de quelques semaines, José a réussi à aimer et à se faire aimer par tout le monde ici, même par les autres enfants.

Parfois, quand le téléphone sonne, José tend l'oreille, au cas où…

SAMEDI 16 JUILLET ; le temps est à l'orage. De la fenêtre de sa chambre, José regarde les pins se plier comme des arcs sous le mistral. Le ciel s'assombrit. Une averse violente ne tarde pas à lui voiler le paysage. La pluie frappe à la porte du ciel. À travers les gouttes, José observe sur le toit d'un immeuble une antenne de télévision se débattre toute seule. En bas à gauche, le chemin où José aime se promener n'est plus qu'un petit fleuve. L'enfant pense à tous ces gens sans parapluie, surpris par l'orage. Tout est si calme d'habitude. José se demande où sont les oiseaux qui chantent quand il fait beau. « Où se cachent-ils ? Est-ce qu'ils ont peur ? »

La pluie redouble de violence. José s'allonge sur son lit ; il ferme les yeux et écoute la colère du ciel.

Une demi-heure plus tard, le soleil réapparaît comme par miracle. L'enfant se lève, ouvre la fenêtre.

Cette odeur de bitume si particulière après la pluie, des oiseaux qui chantent à nouveau, ces vrais nuages qui s'éloignent. José pense que le ciel devait avoir un gros chagrin.

Il sort dans le parc, joue à la marelle avec les flaques, respire les innombrables parfums laissés par l'orage. Il essuie un banc où il aime s'asseoir.

La sirène d'une ambulance résonne au loin. L'enfant remonte, salue quelques infirmières dont il connaît les prénoms. C'est l'heure du goûter ; José se réjouit.

Claire est passée en fin d'après-midi. Elle a demandé s'il était content de quitter la clinique demain matin. José a répondu oui, mais a ajouté qu'il allait être triste de ne plus la voir. Elle lui a fait promettre de donner des nouvelles. Il a juré ; il a dit qu'il reviendrait la voir. Après, ils se sont serrés très fort en se disant à demain. Avant que Claire ne quitte la chambre, José a demandé s'il pouvait avoir un feutre et un cahier tout neuf.

C'est sa dernière soirée. L'enfant commence à dessiner tout ce qu'il laisse ici ; sa chambre, son lit, le couloir, le petit parc et son banc, un arbre, la réception, Albert l'intendant. José n'oublie rien ni personne. Il voudrait tout emporter dans son album ; chaque instant, chaque visage, chaque odeur. Fertal et sa blouse blanche, Claire et son sourire, la machine à café où il aime sentir l'odeur des cigarettes, la salle de jeu qu'il connaît par cœur, le téléphone au bout du couloir.

Il passe d'un dessin à l'autre. Vite, le temps presse, il ne faut rien oublier.

José est fatigué. « Maintenant il faut dormir ; demain je pars. » Il éteint la lampe de chevet ; son cahier posé sur le ventre, il ferme les yeux.

Il repense à sa vie, à sa mère, à ses amis dans sa chambre à Moissy.

José se souvient tout à coup de « le noir », « le noir » le tunnel. C'était il y a longtemps. Ce jour-là, il l'avait dessiné sur le mur. Il ne l'avait jamais visité. Il n'avait pas eu le temps ; il avait dû quitter Moissy.

José rallume la lampe. Très vite, sur une feuille du cahier, il le redessine comme avant, puis il éteint la lumière à nouveau.

Dehors, les cigales font la fête, l'air est doux. José s'endort.

5

– Pourquoi n'es-tu jamais entré chez moi, José ?

– Ben, j'en sais rien, moi !

– Tu m'as dessiné, donc tu m'as fait vivre, et tu n'es pas curieux de savoir comment je suis fait ?

– Si, bien sûr !

– Alors visite-moi ! Entre donc ! Je t'attends depuis si longtemps ! Tu sais, tu n'as rien à craindre, n'aie pas peur !

– Oh, mais je n'ai pas peur.

– Alors viens ! Je te réserve la plus belle des surprises.

– Ah oui et laquelle, s'il te plaît ?

– Ah non, si je te le dis maintenant, José, ce ne sera plus une surprise !

– T'es bizarre, « le noir » ! Au fait, tu sais pourquoi je t'ai appelé « le noir », monsieur le tunnel ?

– Bien sûr, c'est parce que chez moi quand on entre, il fait si noir qu'on ne voit même pas ses mains devant son visage !

– Ça, c'est vrai que tu es sombre ; tu pourrais même faire peur tellement t'es noir !

– Ah, tu vois bien que tu as peur !

– C'est vrai, t'as raison ! C'est pour ça que j'ai pas envie d'entrer.

– Alors là, tu as tort, parce qu'à ma sortie, de l'autre côté, il y a de la lumière, beaucoup de lumière !

– De la lumière ? Mais moi je ne l'ai jamais dessinée, cette lumière !

– Non, c'est vrai, tu as raison ; mais tu sais, depuis tout ce temps, j'ai grandi.

– Tu as grandi ?

– Oui, tout seul, et je me suis construit le plus beau des mondes !

– Quel monde, « le noir », quel monde ? J'ai le droit de savoir !

– Ah non, José ! À partir de maintenant je ne te dirai plus rien. À toi de voir si je mérite une petite visite !

– D'accord, je vais entrer ! Mais si tu t'es moqué de moi, tu me le payeras très cher. Je t'effacerai pour toujours en te recouvrant de peinture blanche ; et là tu regretteras de m'avoir menti !

– D'accord, je prends le risque ! Allez… Entre !

– J'me lance ! Dis donc, c'est vrai qu'on y voit rien !

– Avance, ne crains rien !

– Hé ho ! Dis donc, tunnel, ça résonne chez toi !

– Allez, marche, José, marche !

– Brrr… ! Il ne fait pas chaud ! Tunnel ? Hé ho, c'est

pas drôle ! Réponds-moi ! J'ai peur !

Tout à coup, un vent violent souffle dans son dos et le propulse vers l'avant. José se sent soulevé du sol ; il ne marche plus, il vole. Impossible de faire marche arrière. José est aspiré ; son cœur s'emballe. Très loin, il aperçoit une lumière ; elle devient vive, éclatante, éblouissante.

« "Le noir" n'a donc pas menti ! Là, tout près, il y a bien autre chose ! »

José serre les poings pour se donner du courage. Tout va si vite maintenant ; il est aveuglé par cette lumière dont il s'approche inexorablement. L'enfant ne contrôle plus rien ; il voudrait hurler, mais il est déjà trop tard.

– Où suis-je ? Quelle lumière ! Tout est si calme et si grand ! Mais je vole, je plane ! Quelqu'un m'entend ? Hé ho ? Tiens, une étoile ! Bonjour, madame l'étoile !

– Bonjour, mon garçon ; sois le bienvenu.

– Merci ! Vous pourriez me dire où je suis, s'il vous plaît ?

– Ah ça, petit homme, c'est à toi de me le dire ; ici, on est partout !

– Partout ? Je ne comprends pas.

– Mais il n'y a rien à comprendre ! Libre à toi d'aller où tu veux. Moi, je ne suis que la réceptionniste.

– La réceptionniste ?

– Oui, en qualité de première habitante de la voie lactée, j'accueille les petits nouveaux comme toi ; mon nom est Rosalie.

– Dites, madame Rosalie, ça veut dire qu'il y a d'autres personnes ici ?

– Bien sûr, petit homme, ici tu trouves de tout ! Bon, tu m'excuses mais je suis un peu fatiguée ; je vais m'éteindre ; à bientôt…

– Bonne nuit, madame Rosalie.

– Mademoiselle, petit homme, mademoiselle, murmure l'étoile avant de s'endormir.

José n'en croit pas ses yeux. « Comme tout est si grand ici ! Tiens, plus haut, une autre étoile ! Et une autre ! Mais je ne rêve pas, c'est bien la lune là-bas ! »

Il voltige, s'amuse à tourner sur lui-même puis s'enfonce au milieu des étoiles.

Assis sur un banc, José aperçoit un vieux monsieur en train de lire.

– Bonjour ! Mais je vous reconnais ! Vous êtes le monsieur qui voyageait dans le train entre Moissy et Menton.

– C'est possible, mon garçon, c'est possible.

– Vous ne toussez plus ?

– Ah plus jamais ! C'est d'ailleurs un réel plaisir pour moi de ne plus tousser.

– Et vous lisez quoi, là ?

– Ah ça, c'est un ouvrage sur l'histoire de l'humanité. J'aime bien apprendre des choses, moi !

– Vous pourriez m'indiquer mon chemin, s'il vous plaît ?

– Ton chemin ? Quel chemin ? Où veux-tu aller, mon jeune ami ?

– Je ne sais pas moi, je suis arrivé ici un peu par hasard !

– Oh tu sais, tout le monde arrive ici un peu par hasard. Après, c'est à toi de voir ce que tu as envie de faire.

Ici, il est assez difficile de s'ennuyer.

– Et vous dormez où ?

– Moi ? Oh, il y a bien longtemps que je ne dors plus.

– Vous savez, monsieur, par moments j'ai l'impression que je suis en train de rêver.

– Rêver ? Quelle drôle d'idée ! De toute façon, quelle importance ! Ici, tout est permis, tout est possible ! Sapristi, mais voilà Oscar le dromadaire ! Bonjour, Oscar !

– Salut ! Tiens, un nouveau ; jamais vu par ici. Bienvenue, gamin ! Si je peux t'aider, n'hésite pas, parce que moi, j'adore rendre service.

– Bonjour, monsieur Oscar ; merci pour votre gentillesse parce que pour vous dire la vérité, je viens d'arriver et je me sens un peu perdu ; tout est si grand ici !

– Oh mais c'est parce que tu ne connais pas encore ! Tiens, monte sur mon dos, je vais te faire visiter la région !

José salue le vieux monsieur en lui répétant son plaisir de ne plus le voir tousser, puis grimpe sur Oscar.

– Tu es bien assis, gamin ? Accroche-toi à ma bosse. C'est partiiiii !

Oscar entraîne son nouveau compagnon. José ne manque rien du paysage qui s'offre à lui.

– Alors, gamin, tout va bien ? lui demande Oscar.

– Oh oui, c'est le plus beau jour de ma vie !

– Tiens, tu vois là-haut à droite, cette étoile à vingt-quatre branches ?

– Oui, dit José, on dirait une pieuvre !

– Une pieuvre ? Ah non, gamin, ça c'est un hôtel.

– Un hôtel ?

– Oui, un hôtel ! On l'appelle « la belle étoile » ! Elle a en tout vingt-quatre lits où l'on peut se reposer ! Dis, tu n'as pas soif, gamin ?

– Un peu.

– Moi aussi ! Allez, on va faire un tour au café de Big Roger ! C'est un éléphant qui tient un bar-restaurant à dix minutes d'ici.

Sur la route, José aperçoit au loin un cheval.

– Mais c'est « ange » ! Hé, « ange » ! Mince, il a disparu !

– Tu connais *ange*, gamin ?

– Oui, c'est un ami, répond José avec fierté.

– Sacré *ange*, reprend Oscar, toujours en train de galoper, celui-là. Il ne s'arrête jamais !

– Je sais, dit José, je sais...

Ils arrivent chez Big Roger. Il y a du monde dans le café. Le juke-box entonne les tubes en vogue. Au bar, José observe monsieur Roger travailler derrière son comptoir.

– Qu'est-ce que tu bois, gamin ? dit Oscar ; ici, la spécialité, c'est le cocktail savane !

– Je prends comme vous, répond José.

– Roger, crie le dromadaire, fais-nous deux savanes au gamin et à moi ! Tu vas voir, petit, c'est très bon, ce machin-là ; et puis ça vous retape un homme ou un dromadaire en moins de deux, ha ha ha ! Surtout ne me demande pas ce qu'il y a dedans, je serais bien incapable de te répondre ; mais c'est délicieux tu vas voir !

Avec sa trompe, Big Roger est partout ; à droite, à gauche, il sert client après client avec une réelle bonne humeur.

– Et deux savanes ! C'est parti ! crie l'éléphant.

Aussitôt dit, aussitôt fait ! Les cocktails se retrouvent devant leur nez sur le comptoir.

– Mmh, c'est rudement bon, dit José en trempant ses lèvres.

– Je te l'avais dit, gamin, répond Oscar, avant d'avaler d'un trait la spécialité du taulier. J'aime bien venir ici, moi, et puis il y a toujours de l'ambiance ! Bon, je vais saluer quelques amis ! À tout de suite, mon bonhomme !

Oscar quitte son tabouret ; José ne tarde pas à en faire autant, histoire de faire le tour du propriétaire.

Tout au fond du bistrot, il aperçoit une télévision. José s'approche ; un vieux western captive l'attention d'un bon nombre de clients. José arrive au moment du règlement de comptes dans le saloon. Au quatrième coup de feu, sans aucune raison, l'enfant assis au fond de la salle détourne son regard du téléviseur.

Il n'en croit pas ses yeux ; près de la fenêtre, assise confortablement, sa mère est là, hypnotisée par les cow-boys à la gâchette facile. José se lève, abasourdi. Il s'approche d'elle.

– Maman !

Hélène détourne la tête et aperçoit son fils ; elle se lève d'un bond et le serre dans ses bras.

– José, mon bébé, tu es là ! Tu es venu me voir !

Hélène couvre son fils de baisers. L'enfant prend les mains de sa mère qui ne tremblent pas.

– Oh maman, je suis si heureux de te voir ! Je savais que tu étais partie dans le ciel, je le savais !

– Oh mon chéri ! Mon amour ! Moi aussi, je suis heureuse !

– Tu sais, maman, maintenant je vais rester avec toi pour toujours !

– Non, José, ce n'est pas possible ! Il va falloir que tu repartes ! Tu ne peux pas rester là, mon amour ! Ta vie est ailleurs !

– Mais pourquoi, maman, pourquoi ?

– Ce sont des choses que je ne peux pas t'expliquer, mon chéri. Ce que je peux te jurer, mon amour, c'est qu'un jour nous ne nous quitterons plus jamais ! Mais là, il est trop tôt ! Il faut que tu vives, José, il faut que tu vives !

– José ? Allez, réveille-toi mon bonhomme, c'est l'heure !

José ouvre les yeux, aperçoit le sourire de Claire Torès. Il est neuf heures.

Chère Claire,

Je t'écris pour te dire que tout va bien pour moi. J'ai repris l'école et ma tante est contente parce que je travaille bien. Tu sais j'ai compté, eh bien ça fait juste deux mois aujourd'hui que je suis parti de la clinique. Tata m'a promis que la prochaine fois qu'elle ira à Nice, elle m'emmènera pour que je puisse venir te voir. J'espère que tu vas bien. Tu sais, pour ma mère, je sais maintenant que c'est pas vrai qu'elle a appelé ; parce que quand on est mort, on ne peut plus rien faire, ça j'en suis sûr. Mais bon, c'est pas grave que monsieur Fertal nous a dit ça ; peut-être qu'il s'est trompé de maman. Tu sais, au lycée, j'ai un nouveau copain que j'aime bien ; il s'appelle Sébastien ; des fois, il vient à la maison et on joue au baby-foot avec Antoine et Julien. Tu te souviens, à la clinique, quand je te parlais de mes amis que j'avais avant ? Eh bien, depuis que je suis rentré, je ne leur ai pas parlé une fois, parce que ça ne m'intéresse plus du tout. Je sais maintenant que j'aurais dû parler à maman plutôt qu'à eux. Des fois ça me rend triste quand je pense à maman ; tu sais, je l'aimais bien, maman ;

mais je lui ai jamais dit et je sais même pas pourquoi. Enfin si, je sais pourquoi ; c'est parce qu'avant, je ne le savais pas que je l'aimais. J'espère qu'un jour quand je serai mort moi aussi, je pourrai la retrouver pour lui dire, même si je sais toujours pas où elle est. Moi je crois que quand on est mort, on est un peu partout. Bon voilà, là je dois aller à l'école alors je termine de t'écrire. Dis bonjour à tout le monde de ma part à la clinique. Je t'embrasse et à bientôt.

José

Déjà parus aux Éditions Héloïse d'Ormesson

Pierre Pelot, Méchamment Dimanche
Roman

Clea Koff, La Mémoire des os
Document *traduit de l'anglais par Delphine Chevalier, Raymond Clarinard et Isabelle Taudière*

Yves di Manno, Discipline
Récit

Corinne Roche, Fred et Mathilde
Roman

Vonne van der Meer, La Maison dans les dunes
Roman *traduit du néerlandais par Daniel Cunin*

Bernard Chenez, Le Resquilleur du Louvre
Roman

Lucía Etxebarria, Aime-moi, por favor !
Nouvelles *traduites de l'espagnol par Anne Proenza et Nicolas Véron*

Marcus du Sautoy, La Symphonie des nombres premiers
Essai *traduit de l'anglais par Raymond Clarinard*

Thierry Laurent, Mordre
Roman

Chantal Portillo, Petite Punaise blanche
Roman

Jean-Pierre Grivois, Moi, JSB
Biographie

Gérald Tenenbaum, Le Geste
Roman

Laurence Granet, Charlotte et la Pourriture noble
Roman

Luke Davies, Candy
Roman *traduit de l'anglais (Australie) par Mona de Pracontal*

Arthur Japin, Un charmant défaut
Roman *traduit du néerlandais par Isabelle Rosselin*

Anne Calife, Fleur de peau
Roman

Dominique Dyens, Éloge de la cellulite et autres disgrâces
Nouvelles

Jorg Sambeth, Incident à Seveso
Document *traduit de l'allemand par Raymond Clarinard*

Lucía Etxebarria, Un miracle en équilibre
Roman *traduit de l'espagnol par Nicolas Véron*

Vonne van der Meer, Le Bateau du soir
Roman *traduit du néerlandais par Daniel Cunin*

Raymond Clarinard, Tu sais ce qu'elle te dit,
la Marine française ?
Roman

Tim Flannery, Les Faiseurs de pluie
Essai *traduit de l'anglais (Australie) par Raymond Clarinard*

Émilie Aubry et Muriel Pleynet, Pas de deux à l'Élysée
Document

Pierre Pelot, L'Ombre des voyageuses
Roman

Viviane Chocas, Bazar Magyar
Roman

JM Ledgard, Girafe
Roman *traduit de l'anglais par Erika Abrams*

Jack Michonik, La Descendance
Roman *traduit de l'espagnol (Colombie) par Isabelle Taudière*

Isabelle Alonso, L'Exil est mon pays
Roman

Marcela Serrano, L'Auberge des femmes tristes
Roman *traduit de l'espagnol (Chili) par Anne Proenza*

Corinne Roche, Une petite fête sur la planète
Roman

Julien Cohen-Solal, Protégeons nos enfants
Essai

Catherine Locandro, Les Anges déçus
Roman

Travis Holland, Loubianka
Roman *traduit de l'anglais (États-Unis) par Philippe Giraudon*

Stéfan Coïc, Contravention
Roman

Federico Andahazi, La Cité des hérétiques
Roman *traduit de l'espagnol (Argentine) par Isabelle Taudière*

Jean-Marie Catonné, Double je
Roman

Roman Rijka, Les Sept Trains de l'impératrice
Roman

Joey Goebel, Torturez l'artiste
Roman *traduit de l'anglais (États-Unis) par Claro*

Ian Patterson, Guernica
Roman *traduit de l'anglais par Raymond Clarinard*

Tatiana de Rosnay, Elle s'appelait Sarah
Roman *traduit de l'anglais par Agnès Michaux*

Abha Dawesar, Babyji
Roman *traduit de l'anglais (Inde) par Isabelle Reinharez*

Lucía Etxebarria, Cosmofobia
Roman *traduit de l'espagnol par Maïder Lafourcade et Nicolas Véron*

Jean d'Ormesson, Odeur du temps
Chroniques

Achevé d'imprimer
sur Roto-Page
par l'Imprimerie Floch
à Mayenne, en juin 2007.
Dépôt légal : août 2007.
Numéro d'imprimeur : 68575.

Imprimé en France.